CATALOGUE

DE

LIVRES CURIEUX

ET D'OUVRAGES A FIGURES

PROVENANT DES BIBLIOTHÈQUES

De feu M. le Comte LAUER

ADJUDANT GÉNÉRAL, AIDE DE CAMP DE L'EMPEREUR NAPOLÉON 1er

Et de feu M. le Dr BOLLERMANN

DONT LA VENTE SE FERA

Le Jeudi 11 avril 1867, et jour suivant, à sept heures du soir

MAISON SILVESTRE

Rue des Bons-Enfants, 28

SALLE DU PREMIER

Par le ministère de **M. DELBERGUE-CORMONT**, commissaire-priseur,
rue de Provence, n° 8.

PARIS

LIBRAIRIE TROSS

5, RUE NEUVE-DES-PETITS-CHAMPS, 5

1867

CATALOGUE

DE

LIVRES RARES

ET

D'OUVRAGES A FIGURES

TABLE DES DIVISIONS.

—

SUPPLÉMENT.

CATALOGUE

DE

LIVRES CURIEUX

ET D'OUVRAGES A FIGURES

PROVENANT DES BIBLIOTHÈQUES

De feu M. le Comte LAUER

ADJUDANT GÉNÉRAL, AIDE DE CAMP DE L'EMPEREUR NAPOLÉON Ier

Et de feu M. le Dr BOLLERMANN

DONT LA VENTE SE FERA

Le Jeudi 11 avril 1867, et jour suivant, à sept heures du soir

MAISON SILVESTRE

Rue des Bons-Enfants, n° 28

SALLE DU PREMIER

Par le ministère de **M. DELBERGUE-CORMONT**, commissaire-priseur,
rue de Provence, n° 8.

PARIS

LIBRAIRIE TROSS

5, RUE NEUVE-DES-PETITS-CHAMPS, 5

1867

ORDRE DES VACATIONS.

—

Jeudi, 11 avril :	Nᵒˢ 189 —— 293
—	94 —— 139
Vendredi, 12 avril :	140 —— 188
—	294 —— 311
—	1 —— 93

—

CONDITIONS DE LA VENTE.

—

Il y aura, chaque jour de vente, exposition, de deux à quatre heures, des livres qui seront vendus le soir.

Les livres vendus devront être collationnés sur place dans les vingt-quatre heures de l'adjudication. Passé ce délai, ou une fois sortis de la salle de vente, ils ne seront repris pour aucune cause.

Les acquéreurs payeront, en sus du prix d'adjudication, cinq centimes par franc, applicables aux frais.

M. le comte Lauer, dont un grand nombre de volumes
de cette collection portent la signature, céda, en quittant
Mayence, sa bibliothèque à M. le docteur Bollermann.

Elle restait intacte jusqu'en 1860, où nous faisions la
vente d'une partie à l'hôtel de la rue Drouot.

Nous offrons aujourd'hui la seconde partie au public; la
troisième, la plus considérable, sera vendue au mois de
mai à Francfort-sur-Mein.

La seconde partie, quoique peu considérable en nombre,
contient un assez grand nombre d'ouvrages importants,
entre autres :

8. Cantiones sacræ. Mss. sur VÉLIN du XIIe siècle,
   rempli de neumes.

12. Heures à l'usage de Soyssons. *Paris*, 1525, in-8°,
   goth., fig. en bois et bordures. Bel exemplaire d'une
   édition inconnue.

37. Histoire des mathématiques de Montucla. *Paris*,
   1799-1802, 4 vol. in-4°.

40. Scriptores de musica ed. Gerbert. *Typis San Blasianis*, 1784, 3 vol. in-4°.

50. Les Figures de l'Ancien Testament, par Holbein. *Lyon*, 1549, in 4°. Bel exemplaire.

62. La Danse des morts, par Holbein, avec texte latin. *Lyon*, 1542, in-8°. Très-bel exemplaire dans sa première reliure en maroq.

66. La Galerie de Florence. *Paris*, 1804, 4 vol. in-fol.

85. Les Délices de la langue et du gosier. — Académie de la noblesse. Chasse, équitation, jeux. Collection de 287 planches in-fol. grav. au commencement du siècle passé.

93. L'Antiquité expliquée et les Monuments de la monarchie françoise par Montfaucon. 20 vol. in-fol. La bonne édition. Exemplaire en très-grand papier uniformément relié.

94. Les Monuments de la monarchie françoise, par Montfaucon. *Paris*, 1729-1733, 5 vol. in-fol., fig.

98. Les Topographies, par Zeiler. Exemplaire complet rel. en 12 vol. in-fol.

110 Les Résidences et palais du prince Eugène de Savoie 10 part. in-fol.

112. Vases, mascarons et ornements, par Toro. 94 pièces in-fol. Bel exemplaire.

127. Ornements pour ébénistes, par Ebelmann. *Coloniæ*, 1600, in-fol.

138. Ung nouueau liure auec plusieurs patrons (modèles de dentelles). *Cologne*, 1544, in 4°. Très-beau volume d'une grande rareté.

147. L'Art de monter à cheval, par Pluvinel. *Paris*, 1625 in-fol., fig. vél., Bel exemplaire.

157–161. Ouvrages sur les chevaliers de Rhodes.

162. Les Armures du château d'Ambras, par Schrenck. *Inonsprugg*, 1602, 125 planches gr. in-fol.

178. La Vie de sainte Marguerite. (*Paris, vers 1520.*) Pet. in-8°, goth. Bel exemplaire.

218. Les Serées, par Bouchet. *Lyon*, 1618, in-8°.

234. Itinerarium Joa. de Hese in terram sanctam. *Daventriæ*, 1504, in-4°, goth.

240   249. Ouvrages rares sur l'histoire de la réformation, par Crespin, Beza, etc.

293. L'Encyclopédie, par Diderot et d'Alembert. *Paris*, 1751, 37 vol. in-fol. Bel exemplaire.

CATALOGUE

DE

LIVRES ANCIENS

RARES ET CURIEUX

I. — THÉOLOGIE.

1. Biblia sacra (latine). *S. l.*, 1848. In-fol., goth., à 2 col., peau de tr., fermoirs.

2. Biblia integra : summata : distincta : accuratius reemendata : utriusque testamenti concordantiis illustrata. *Finit. per Johannem Froben de Hamelburgk*, 1495. Pet. in-8, goth., à 2 col., rel. en bois, ferm.

3. Biblia, breves in eadem annotationes, ex doctiss. interpretationibus et Hebræorum commentariis (cura Rob. Stephani). *Antverpiæ, Steelsius*, 1538. In-4 à 2 col., peau de tr., ferm.

    Magnifique exemplaire d'une édition bien imprimée. Elle est restée inconnue a M. Brunet, qui a pris soin de donner la liste des autres éditions de la version de Robert Estienne.

4. Bibliorum sacrorum vulgatæ versionis editio. Ad institutionem seren. Delphini. *Parisiis, exc. Fr. Amb. Didot natu major*, 1785. 2 vol. gr. in-4, pap. vél., cart., n. rogn.

5. Bibliorum sacrorum vulgatæ versionis editio nova. Jussu christ. regis ad institutionem seren. Delphini. *Parisiis, Amb. Didot*, 1785. 8 vol. in-8, pap. vél., cart., non rogn.

    Tiré à 350 exemplaires.

6. La Biblia tradutta in lingua romanscha d'Engadina Bassa da Jac. Ant. Vulpio et Jac. Dorta a Vulpera. *Stampada in*

Scuol, 1743. 4 part. en 1 vol. in-fol., peau de truie gaufr.

Bible en langue romane du pays des Grisons.
Très-bel exemplaire, avec la dédicace à Frédéric le Grand et les apocryphes.

7. Testamenti Novi editio vulgata. *Lugduni, apud Antonium Gryphium*, 1569. In-16, nombreuses fig. en bois, v. ant. à comp., tr. dor., gaufr.

8. Cantiones sacræ. Gros vol. pet. in-4, rel. en bois.

Manuscrit sur VÉLIN, du XIIe siècle, d'une très-belle écriture et orné de grandes initiales. Tous les hymnes et cantiques sont avec la *musique en neumes* sur lignes.

9. Cantiones sacræ. Gros vol. in-8, non rel.

Manuscrit sur VÉLIN dans le même genre que le numéro précédent, mais du XIIIe siècle et dont toutes les pages sont remplies de musique. Avec deux petites miniatures.

10. Hore ad usum Romanum. *Paris, Jehan Morand, le VII jour de feburier 1487, pour Joffroy de Marnef.* In-8, goth., fig. en bois et bordures color., rel. en bois.

Volume curieux et très-rare. Il n'est pas cité dans le Manuel.

11. Hore beate virginis Marie secundum usum Romanum ecclesie, ad longum, cum multis orationibus et hystoriis. Folio 24, recto, en bas de la page : Hore beate marie secundû usum parisiensem. — *Parisiis impressus per Nycolaum hygman p. Johanne d. brie* (Calendrier de 1515-1530). In-8, goth., fig. en bois, v. gaufr.

Édition non citée (mais ressemblant au n° 361 du Manuel), imprimée en gros caract. goth. *On remarque à la fin un rébus en 8 lignes.* On a relié dans le même volume une pièce: *Tota pulchra es amica mea : et macula non est in te. Ave Maria gratia plena.* Pièce précieuse avec dix-sept gravures en bois en manière criblée. Elle est imprimée en petit caractère gothique et contient des prières en français adressées à différents saints.

12. Les presentes heures a lusaige de Soyssons || toutes au long sans riens requerir. *Ont este impri || mees a Paris pour Nicole Vostre, demourant en la rue neufue, a lymaige saint Jehan leuâgeliste* (Calendrier de 1525-1541). In-8, goth., nombreuses grandes et petites figures en bois et bordures, v., tr. dor. gaufr. (*Première rel. avec le nom de Colette Jobarde.*)

Édition inconnue jusqu'à présent.
Bel exemplaire. Un feuillet a du reste un léger raccommodage dans un coin. Ce livre d'heures est fort riche. On a ajouté *Horæ divæ barbare virginis* en vers et avec bordures, etc.

13. Hortulus anime. *Impressum Maguntie per Johannem Schöffer finitum sexta feria post Remiscere. Anno Domini*

1514. Pet. in-8, goth., nombreuses fig. en bois et bordures à chaque page, vél.

> Édition très-rare, la plus belle de toutes.
> Les bordures sont très-originales, quelquefois même grotesques. Elle n'est pas citée dans le Manuel.

14. Christlicher Seelen-Schatz ausserlesener Gebete. (*Bonn*, 1729.) In-8, mar. n., tr. dor.

> Beau livre, entièrement gravé, publié aux frais de Clément Auguste de Bavière, archevêque de Cologne, par C. Kaukol.
> Ce livre d'heures est dans le genre de celui de Senault, mais mieux exécuté.

15. Le Livre de vraye et parfaicte oraison. *Imprimé en Anvers, par Jehan Steelsius*, M.CCCCC.XXXVIIJ (1538). In-12, veau br.

> Bel exemplaire, en première reliure.

16. Antonii Sucquet Via vitæ æternæ, XXXII iconibus illustrata per Boetium de Boltswert. *Antverpiæ, H. Ærtssens*, 1625. In-8, mar. olive à riches compart., tr. dor., ferm. en argent.

> Bel exemplaire dans sa première reliure parfaitement conservée.

17. Thomæ Aquinatis Summa totius theologiæ. *Coloniæ*, 1622. In-fol., v. (*Belle édition.*)

18. Atlas Marianus quo sanctæ Dei genetricis Mariæ imaginum miraculosarum origines duodecim historiarum centuriis explicantur, auct. Guil. Gumppenberg, Soc. Jesu. *Monachii*, 1672. 4 part. en 1 vol. in-fol., rel. en bois, ferm.

> Rare et très-recherché. L'exemplaire contient les cinq frontispices gravés en taille-douce.

II. — PHILOSOPHIE, POLITIQUE, JURISPRUDENCE.

19. Entretiens de Phocion sur le rapport de la morale avec la politique. Trad. du grec de Nicoclès, par Mably. *Paris, Didot*, an III (1795). Gr. in-4, fig. de Moreau, pap. vél., cart., non rogn.

20. L'Introduction au Traité de la conformité des merveilles anciennes avec les modernes, ou Traité préparatif à l'Apologie pour Hérodote, par Henri Estienne. *L'an* M.D.LXVI, *au mois de novembre*. Pet. in-8, parch.

> Edition originale de 16 ff. et 572 pages. Un morceau du papier blanc a été enlevé au titre.

21. De la Sagesse, trois livres, par Pierre Charron. *Paris,*

D. Douceur, 1604. 1 tome en 2 vol. in-8, frontisp. par L. Gaultier, bas. éc.

> Seconde édition.

22. Leçons politiques de maistre Jean le Hunetier de Ferrières, lecteur public et royal en la philosophie et eloquence en l'academie de Douay. Translatees du latin en françoys par Lamoral de Landas, pannetier du païs de Haynau. Pet. in-4, rel. en velours, tr. dor.

> *Manuscrit original* en belle écriture bâtarde, adressé vers 1560 par Lamoral de Landas à Guillaume, comte palatin du Rhin. On remarque au commencement plusieurs poésies de J. Auratus, J. Politus, etc.

23. Du Contrat social, ou Principes du droit politique, par J. J Rousseau. *Paris, Didot*, 1795. Gr. in-8, pap. vél., cart., non rogn.

24. La Constitution française, acceptée par le roi le 14 septembre 1791. *Paris, de l'imprimerie de Didot jeune*, 1791. In-32, pap. vél., broch.

25. Emile, ou de l'Education, par J. J. Rousseau. *La Haye, Neaulme*, 1764. 4 vol. in-8, fig., veau marbr. (*Papier de Hollande.*)

26. Principes de morale, de politique et de droit public, puisés dans l'histoire de notre monarchie, par Moreau. *Paris, Impr. Roy.*, 1777. 6 vol. in-8, mar. r., fil., tr. dor.

> Le premier volume porte les armes du maréchal de Richelieu.

27. Commentaire sur la loi des douze tables, par M. Bouchaud. *Paris, Moutard*, 1787. In-4, veau marbr.

28. Lectura præclarissima D. Jasonis Magni super nodoso titulo actionum. *Venundantur Rothomagi per Johannem Richardi, prope sacellum divi Nicholai. Impressa per Petrum Olivier, anno* 1515. Pet. in-8, goth., rel. en bois.

> Grande marque d'imprimeur gravée en manière criblée. Elle représente un saint avec la devise *Gy ay Fyance.*

29. Joh. Bunonis Memoriale corporis juris civilis R. universi, Pandectarum, codicis, novellarum et feudalium. *Hamburgi*, 1673-74. 2 part. en 1 vol. in-fol., cart.

> Rien de plus curieux que les seize grandes planches pliées, gravées à l'eau-forte, par lesquelles l'auteur se proposait d'enseigner le droit. Raccommodage dans la marge des premiers feuillets.

30. Leges Longobardorum, seu capitulare divi ac sacratissimi Caroli Magni imperatoris et Francie regis ac novellæ constituciones Justinia... per dnm Nicolaum Boherii editæ, nusquam

impressæ. (*Lugduni*, *Simon Vincent*, 1512.) Pet. in-4, goth., à 2 col., parch.

Au dernier feuillet on trouve un privilège du roi, daté de Bloys le III iour
de juing lan da (*sic*) grace mil cinq cens et douze, avec la marque de Vincent.

31. Ordonnances et instructions faites par feux de bone memoire les roys Charles septiesme, Loys unziesme, Charles huitiesme, Loys douziesme et Françoys premier du nom. Extraictes et collationes aux registres de la souueraine court du parlement à Paris. Adjouste en la fin d'icelles, oultre les precedentes impressions, les ordonnances faictes par le roy François tant sur labbreviation des proces que sur le faict de ladmiraulte et stille du Chastellet de Paris. *Paris, N. Cousteau pour Gaillot du pre*, 1530. In-fol., goth., vél.

Edition non citée. Exemplaire rempli de témoins.

32. Ordonnance de Louis XIV donnée à Saint-Germain, au mois d'avril 1667. *Paris*, 1667, in-4, mar. r., fil. tr. dor. (*Aux armes de Condé.*)

33. Table chronologique des ordonnances faites par les rois de France de la troisième race, depuis Hugues Capet jusqu'en 1400 (par E. de Laurière, Cl. Berruyer et C. A. Loyer). *Paris, Impr. royale*, 1706. In-4, v.

III. — HISTOIRE NATURELLE, MATHÉMATIQUE, MUSIQUE.

34. Galen sur la faculte des simples medicamans avec l'addiction de Fusce en son herbier, du Siluius, et de plusieurs autres, Declayree l'analogie, et potissimes sinnifié si plusieurs en a le simple, etc. Le tout mis en langage françoys par studieux home maystre Ervé Fayard, natif de Perigueux. *A Limoges, cheux Guilhaume de Noalhe*, 1548. Pet. in-8, portrait de l'auteur, vél.

Bel exemplaire.

35. Histoire naturelle des oiseaux de paradis et des rolliers, suivie de celle des toucans et des barbus, par Fr. Le Vaillant. *Paris*, 1803-1806. 2 vol. gr. in-fol., veau rac. dent. et atlas dans un carton, figures coloriées.

Très-bel exemplaire.

36. Traité des pierres précieuses, orné de planches, par P. Brard. *Paris*, 1808. 2 vol. in-8, d.-rel.

37. Histoire des mathématiques, par J. F. Montucla ; nouvelle
édition, achevée par J. de Lalande. *Paris, Agasse*, 1799-1802.
4 vol. in-4, fig., cart., non rogn.
   Excellent ouvrage. devenu rare.

38. Monumenta veteris liturgiæ allemannicæ, ex antiquis mss.
codd. collegit et digessit M. Gerbert. *Typis San Blasianis*,
1777-79. 2 vol. in-4, cart.

39. Vetus liturgia alemannica, notis illustrata a Mart. Gerberto.
Typis San Blasianis, 1776. 2 vol. in-4, fig. cart.

40. Scriptores ecclesiastici de musica sacra potissimum, ex variis
codd. mss. collecti per Mart. Gerbert. *Typis San Blasianis*,
1784. 3 vol. in-4, cart.
   Ouvrage très-rare.

IV. — BEAUX-ARTS, FIGURES DE LA BIBLE, GALERIES, EMBLÈMES, ETC.

41. Entretiens sur les vies et sur les ouvrages des plus excel-
lens peintres et architectes, par Felibien. *Paris, Mabre Cra-
moisy*, 1685. 3 vol. in-4, v.

42. Dictionnaire des beaux-arts, par Millin. *Paris*, 1806. 3 vol.
in-8, d.-rel.

43. La Peinture, poëme en trois chants, par M. Le Mierre.
Paris, Le Jay, 1769. Gr. in-8, fig. de Cochin, broch.

44. Notice sur les graveurs qui nous ont laissé des estampes
marquées de monogrammes, chiffres, initiales, etc. (par Mal-
pez et Baveret). *Besançon*, 1808, 2 vol. in-8, d.-rel.

45. Dictionnaire des monogrammes, marques figurées, lettres
initiales, noms abrégés, etc., avec lesquels les peintres, des-
sinateurs, graveurs et sculpteurs ont désigné leurs noms, par
François Brulliot. *Munich, Cotta*, 1832. 3 vol. in-4, fig. en
bois, d.-rel. vél.
   Le meilleur dictionnaire de monogrammes. Épuisé.

46. Essai sur les nielles, gravures des orfévres florentins du
XV° siècle, par Duchesne aîné. *Paris*, 1824. Fig. Exempl.
avec le prospectus et des augmentat. mss. — Notice sur les
estampes exposées à la bibliothèque du Roy. *Paris*, 1823.
Avec dédicace autographe. — 2 vol. en un, in-8, d.-rel.

47. Dictionnaire des graveurs anciens et modernes, par Basan. *Paris, Blaise*, 1809. 2 vol. in-8, 63 planches, d.-rel.

48. Cabinet des singularitez d'architecture, peinture, sculpture et gravure, par Florent le Comte. *Bruxelles*, 1702. 3 vol. in-12, fig., veau marbr.

49. Méthode pour apprendre le dessin, enrichie de 100 planches. Par C. A. Jombert. *Paris*, 1784. In-4, fig. de Cochin, v.

50. Icones historiarum Veteris Testamenti ad vivum expressæ, extremaque diligentia emendatiores factæ, gallicis in expositione homœoleutis, ac versuum ordinibus (qui prius turbati et impares) suo numero restitutis. *Lugduni, apud Joannem Frellonium*, 1549. Pet. in-4, fig. en bois par Holbein, cart.
 Très-bel exemplaire.

51. Icones biblicæ Veteris et Novi Testamenti, proprio ære incisæ a Melchiore Kusel. *Augustæ Vind.*, 1679. 5 part. en 1 vol. in-4, peau de tr.
 Recueil de belles gravures en taille-douce. Exemplaire parfaitement *complet* du premier tirage.

52. L'Histoire du Vieux et du Nouveau Testament, avec des explications édifiantes tirées des saints Pères. Dédiée à Mgr le Dauphin par le sieur de Royaumont. Édition nouvelle, enrichie de figures en taille-douce (à mi-page). *Suivant la copie imprimée à Paris (Bruxelles, Foppens)*, 1699. Pet. in-8, v.
 Bel exemplaire.

53. J. J. Scheuchzer. Physica sacra (texte en allemand). *Augustæ Vindelicorum*, 1731. 4 vol. in-fol., 750 gravures, mar. noir, tr. dor.
 On sait que cette édition contient les premières épreuves

54. Passio Domini Nostri Jesu Christi. 12 planches, datées de 1597. In-fol., cart.
 Très-belles épreuves de la Passion de Hubert Goltz ; les planches sont montées sur onglets.

55. Passio Domini Nostri Jesu Christi iconibus æneis et precatiunculis illustrata. *Coloniæ Agrippinæ, apud Joh. Greuenbruch*, 1627. Pet. in-8, cart.
 Charmant volume, extrêmement rare; il se compose de 42 ff. et il est orné de 41 eaux-fortes d'après les grands maîtres de la fin du XVIe siècle.

56. Triumphus Jesu Christi crucifixi, per Barth. Riccium. Adrianus Collaert figuras sculpsit. *Antverpiæ, typis Plantinianis*, 1608. In-8, vél.
 Beau volume orné de soixante-dix planches gravées en taille-douce. Très-belles épreuves.

57. Histoire générale des cérémonies, mœurs et coutumes reli-
gieuses de tous les peuples du monde, représentées en
243 figures dessinées de la main de Bernard Picard, avec des
explications historiques et curieuses par M. l'abbé Banier et
M. l'abbé Mascrier. *Paris, Rollin*, 1741. 7 vol. in-fol., fig.,
veau fauve. (*Anc. rel.*)

Bel exemplaire. Cette édition a été publiée sous la direction de Banier ; mais
le texte, tantôt entièrement refait, tantôt simplement corrigé, est dû à l'abbé
Lemascrier, ainsi que les dissertations nouvelles ajoutées à l'ouvrage primitif.

58. Die Gebraeuche und Ceremonien der Griechischen Kirche
in Russland (Cérémonies de l'Église grecque en Russie) ; von
Joh. Glen King. *Riga*, 1773. In-4, fig., d.-rel.

59. Images des saints et des saintes de la famille de l'empereur
Maximilien Iᵉʳ, gravées en bois, d'après les dessins de Hans
Burgkmair. *Vienne*, 1799. Gr. in-fol., cart.

Cette suite commence à devenir très-rare. Elle se compose de 119 gravures,
tirées sur les bois originaux qui n'avaient servi à l'époque que pour quelques
épreuves d'artiste. On n'en connaît pas un seul exemplaire complet d'ancien
tirage.

60. Raderi Bavaria sancta et pia. *Monaci*, 1704. 4 tom. en
2 vol., 140 planches gravées par Sadeler, v.

Très bel exemplaire.

61. La Vie de saint Bruno, collection complète de vingt-deux
tableaux, peints par Le Sueur, pour le couvent des Chartreux.
Publ. par P. Laurent. *Paris*, 1822. Gr. in-fol., d.-rel.

62. Imagines de morte et epigrammata, e Gallico idiomate a
Georgio Æmylio in latinum translata. *Lugduni, sub Scuto
Coloniensi, apud Joannem et Franciscum Frellones, fratres.*
1542. Pet. in-8, fig. en bois par Holbein, mar. rouge, plats
ornés, tr. dor. (*Première reliure.*)

Très-bel exemplaire. On remarque sur chaque plat de la reliure un amour
aux yeux bandés, tenant un arc.

63. Les Images ou Tableaux des deux Philostrates et les Statues, mis en françois par Blaise de Vigenère, enrichis d'an-
notations, revus sur l'original et représentés en taille-douce
(68 grandes planches gravées par Jaspar Isar, Léon Gaultier
et Thomas de Leeu), avec des épigrammes sur chacun d'i-
ceux, par Thomas d'Embry. *Paris, veuve Abel L'Angelier*,
1614. In-fol., maroq. rouge, doubl. de mar. rouge, tr. dor.
(*Première reliure.*)

Bel exemplaire réglé en grand papier.

64. Le Temple des Muses, orné de LX tableaux, où sont représentés les ornements des antiquités fabuleuses ; dessinés et

gravés par B. Picart le Romain. *Amsterdam*, 1749. Gr. in-fol., veau fil., tr. dor. (*Aux armes.*)

65. Cours de peinture, ou Galerie du Musée Napoléon. *Paris, Filhol*, 1804 *et années suiv.* 10 vol. de pl. et 12 vol. de texte, gr. in-8, veau éc., fil. (*En partie sans titres.*)

66. Galerie de Florence. Tableaux, statues, bas-reliefs et camées de la galerie de Florence et du palais Pitti; dessinés par Wicar et gravés sous la direction de Lacombe et Masquelier, avec les explications par Mongez l'aîné. *Paris*, 1804 *et suiv.* 4 vol. gr. in-fol., d.-rel. dos de toile.

67. Galerie de Vienne. Prodromus, seu præambulare lumen reserati portentosæ magnificentiæ theatri, quo omnia ad aulam Cæs. Viennæ recond. artificiorum decora quæ ibidem asservantur æri sunt incisa a Fr. de Stampart et A. de Brenner. *Viennæ Austriæ*, 1735. Gr. in-fol., cart.

> Recueil de 30 planches bien gravées, contenant la représentation de 1114 tableaux et statues de la galerie de Vienne. Belles épreuves.

68. Représentation des châteaux de Weissenstein, au-dessus de Pommersfelden. et de celui de Geubach, par Sal. Kleiner. *Augsbourg*, 1728. — Représentation du château de chasse de Mgr l'évêque de Bamberg, nommé Marquardtsbourg, par S. Kleiner. *Augsbourg*, 1731. 3 part. en 2 vol. Gr. in-fol. obl., cart.

> Intérieurs riches. Représentation de la célèbre galerie de Pommersfelden, qui sera vendue prochainement à Paris.

69. Compositions de grands peintres modernes, ou Recueil d'estampes, dessins et gravures, d'après Raphaël, Jules Romain. Michel-Ange, Guido Reni, Pierre de Crotone, Le Brun, le Poussin, Salvator Rosa et autres grands maîtres. *Rome, Bouchard et Gravier*, 1787. In-fol., cart.

70. Galerie de Rubens, dite du Luxembourg. Ouvrage composé de 25 estampes. *Paris*, 1809. Gr. in-fol., d.-rel. mar.

71. Tapisserie de S. A. R. Mgr le duc d'Orléans, représentant l'histoire de Méléagre. Exécutée sur les tableaux de l'illustre Charles Le Brun. Gravée sous la conduite de B. Picart. *Paris*, 1714. In-fol., cart., non rogn. (*Très-belles épreuves.*)

72. Titi Livii Römische Historien. *Gedruckt zu Meyntz durch Joanem Schoeffer*, 1535. In-fol., goth., rel. en bois, rec. de v. gaufr.

> Bel exemplaire.
> Ce volume est orné de plusieurs centaines de grandes gravures en bois. La préface contient une curieuse notice sur l'invention de l'imprimerie. Schoeffer

y dit que Gutenberg avait inventé l'art d'imprimer les livres en 1450 et que
Jean Fust et P. Schoeffer l'ont amélioré.

73. Jules Obsequent des prodiges. Plus trois livres de Polydore
Vergile sur la mesme matiere. Traduis (*sic*) de latin en françois par G. de la Bouthière, Autunois. *Lyon, Jean de Tournes,*
1555. Pet. in-8, fig. sur bois du Petit Bernard, cart.
Exemplaire rempli de témoins.

74. Gabrielis Faerni Cremonensis fabulæ centum ex antiquis
auctoribus selectæ, carminibusque explicatæ; ejusdem car-
mina varia. *Parmæ, typis Bodonianis,* 1793. In-4, d.-rel.
Un des rares exemplaires qui contiennent les eaux-fortes.

75. Emblemata Horatiana, par Otto Vænius (en hollandais).
Amsterdam, J. Dankerts, 1683. In-4, fig., vél.

76. Emblemata Andreæ Alciati. *Lugduni, Gulielm. Rouillius,*
1548. In-8, fig. sur bois et bordures, vél. (*Découpure au
titre.*)

77. Hadriani Junii medici emblemata. Eiusdem ænigmatum li-
bellus. *Antverpiæ, Ch. Plantin,* 1565. Pet. in-8, parch.
Magnifiques épreuves. L'exemplaire a appartenu à J. Regnault *poëte,* et
porte à la fin quelques notes manuscrites de la main de ce poëte.

78. Les Fables d'Esope, avec celles de Philelphe. Traduction
nouvelle par M. de Bellegarde. *Amsterdam, E. Roger,* 1709.
2 vol. en un, nombreuses fig. en taille-douce, v. jasp.

79. Contes et Nouvelles en vers, par Jean de La Fontaine.
Paris, Libraires associés, 1791. 2 vol. in-8, fig., bas.
Figures de l'édition des fermiers généraux.

80. Mort d'Abel, poëme de Gessner, traduit par Humbert.
Edition ornée d'estampes imprimées en couleur d'après les
dessins de Monsiau. *Paris, Defer de Maisonneuve,* 1793.
Gr. in-4, veau jasp., fil., tr. dor.

81. Galerie historique des illustres Germains, depuis Arminius
jusqu'à nos jours, avec leurs portraits et des gravures. *Paris,
Renouard,* 1806. Gr. in-fol., veau porph., dent., tr. dor.
Un des 10 exemplaires en grand papier vélin.

82. De Leone Belgico eiusque topographica atque historica
descriptione liber..., auctore Michaele Aitzingero. *Coloniæ
Ubiorum, Gerardus Campensis,* 1583. In-fol., veau brun.
Des 112 grandes planches, gravées par Hoghenberg, les premières sont des
copies de Tortorel et Perissin.
Exemplaire avec la grande carte.

83. Relation du voyage de Sa Majesté Britannique en Hollande
et de la reception qui luy a été faite. *La Haye, Arn. Leers,*

1692. In-fol., portrait (par P. van Gunst) et planches (par
R. de Hooghe), bas.

84. Descrizione delle feste celebrate in Parma l'anno 1769,
per le nozze di S. A. R. don Ferdinando di Borbone colla
archiduchessa Maria Amalia. *Parma, Stamperia reale*, 1769.
Gr. in-fol., fig., dessins par Petitot (grav. par Volpato, Ra-
venet, Bossi et autres), d.-rel.

85. Collection de costumes et de scènes de la vie privée, dans
le genre de Bonnard. — Les Delices de la langue et du gosier.
— Academie de la noblesse. — Divertissements pour passer
le temps. — Chasse. — Danse. — Jeux. — Scènes popu-
laires. — Costumes militaires, etc. — Nombreuses suites
gravées à Augsbourg au commencement du siècle passé. In-
folio, vél.

> Collection de 278 planches originales d'une belle exécution et d'une grande
> rareté, ayant des souscriptions gravées en partie en allemand en partie en fran-
> çais. Le volume est d'une conservation parfaite.

86. Journal des dames et des modes, 1822-24. 4 vol. in-8,
fig. color., d.-rel. mar.

V. — ARCHÉOLOGIE, ARCHITECTURE, ORNEMENTS, ORFÉVRERIE, ETC.

87. Antiquités étrusques et romaines, gravées par A. David,
avec leurs explications par d'Hancarville. *Paris*, 1785-88.
5 tomes en 10 vol. in-4, fig. color., d.-rel.

88. Antichi Monumenti di Ercolano, esposte con spiegazione
(da O. A. Bajardi). *Napoli, Regia Stamp.*, 1757 et suiv.
8 vol. gr. in-fol., d.-rel. vél., non rogn.

> Pitture, 5 vol. — Bronze, 2 vol. — Catalogo, 1 vol.

89. L'Anfiteatro Flavio descritto e delineato dal cav. Carlo
Fontana. *Nell' Haia*, 1725. Gr. in-fol., fig., cart., non rog.

90. Les Images des héros et des grands hommes de l'antiquité,
dessinées sur des médailles, des pierres antiques, etc., par
J. A. et M. A. Canini, grav. par Picart le Romain (le texte
italien, avec la trad. par de Chevrières). *Amsterdam, Bernard*,
1731. In-4, fig., veau gr., fil., tr. dor.

91. Monuments du culte secret des Dames romaines (par Hugues

de Hancarville). *Caprée, Sabellicus (Nancy)*, 1784. In-4, fig., d.-rel.

92. A. Kircheri Turris Babel, sive Archontologia qua primo priscorum post diluvium hominum vita, mores rerumque gestarum magnitudo, secundo turris fabrica civitatumque exstructio, confusio linguarum et inde gentium transmigrationis.... historia describuntur. *Amstelodami, Waesberge*, 1679. In-fol., fig., veau f.

93. L'Antiquité expliquée et représentée en figures. *Paris, Delaulne*, 1719. 10 vol. — Supplément. *Paris*, 1724. 5 vol. — Les Monumens de la monarchie françoise, avec les figures de chaque règne, que l'injure du temps a épargnez, par D. Bern. de Montfaucon. *Paris, Gandouin*, 1729-33. 20 vol. gr. in-fol., fig., v. marbr.

Exemplaire en très grand papier, uniformément relié.

94. Les Monumens de la Monarchie françoise, avec les figures de chaque regne, par B. de Montfaucon. *Paris, Gandouin*, 1729-33. 5 vol. in-fol., fig., d.-rel.

Bel exemplaire.

95. Monumens celtiques, ou Recherches sur le culte des pierres, précédées d'une notice sur les Celtes et sur les Druides, et suivies d'Etymologies celtiques, par M. Cambry. *Paris, Crapelet*, 1805. In-8, fig., v.

Volume devenu très-rare.

96. Voyage dans les départemens du midi de la France, par Aubin-Louis Millin. *Paris, Impr. imp.*, 1807-11. 4 tomes en 5 vol. in-8 et 3 atlas in-4, broch.

97. Le Cabinet de la bibliothèque de Sainte-Geneviève, par Du Molinet. *Paris, Dezallier*, 1692. In-fol., portr. et fig., bas.

98. Topographiæ. Beschreibung und Abbildung der vornehemsten Œrter, durch Matth. Zeiller. *Franckfurt*, 1643 et suiv. 12 vol. in-fol., d.-rel.

Exemplaire complet, avec la table. Cette collection, publiée à Francfort par les Merian, est ornée de plusieurs milliers de grandes vues dessinées sur nature.

La *Topographia Galliæ*, 13 parties, est de première date dans cette collection.

99. Les Plans et Profils de toutes les principales villes et lieux considérables de France; ensemble les cartes générales de chacune province et les particulières de chaque gouvernement d'icelles, par le sieur de Tassin. *Paris, Melchior Tavernier*, 1634. 2 vol. in-4 obl., fig., veau ant., fil.

100. Paris ancien et nouveau, ouvrage très-curieux, où l'on voit
la fondation, les accroissemens, le nombre des habitans et
des maisons de cette grande ville, etc., par M. Le Maire.
Paris, Vaugon, 1685. 3 vol. in-12, veau br.

101. Histoire de la ville de Paris (par Desfontaines et Dauvi-
gny, revue par de La Barre). *Paris, Gandouin*, 1735. 5 vol.
in-12, avec 4 plans, veau gr.

102. Description de la ville de Paris et de tout ce qu'elle contient de plus remarquable, par Germain Brice. *Paris*, 1752.
4 vol. in-12, fig., veau marbr.

103. Voyage pittoresque de Paris, ou Indication de tout ce qu'il
y a de plus beau dans cette ville en peinture, sculpture et
architecture. Par M. D. (d'Argenville). *Paris, de Bure*, 1778.
Pet. in-8, fig., v. marbr.

104. Plan topographique et raisonné de Paris, par les sieurs Pas-
quier et Denis. *Paris*, 1763. Pet. in-8, veau marbr., fil.

    Charmant exemplaire d'un volume devenu très-rare.

105. Perspective, contenant la théorie et pratique d'icelle, par
Sam. Marolois. *La Haye*, 1614. In-fol. obl., fig., veau
gaufr.

106. Il settimo libro d'architectura de Sebastiano Serlio, tratta
di molti acciddenti. Italiano e latino. *Francofurti, Andr.
Wechelius*, 1575. In-fol., fig. en bois, vél.

    Edition originale, rare.

107. Methodus geometrica, das ist : Kurtzer wolgegründeter
unnd aussführlicher Bericht von des Feldtrechnung, und
Messung. *Nurnberg, Val. Fuhrmann*, 1598. — Ein schöner
Kurtzer Extract der Geometriæ unnd Perspectivæ. *Nurnberg*,
1599. — 2 vol en un, in-fol, vél., tr. dor.

    Exemplaire unique, exécuté pour le célèbre voyageur Chr. Furer ab Haimen-
dorf, avec son autographe au commencement du volume.
    Toutes les planches du premier ouvrage sont artistement coloriées et rehaus-
sées d'or; le second ouvrage est orné de beaux dessins également coloriés et
rehaussés d'or (par l'auteur, H. Lencker).

108. Architectura curiosa nova G. A. Boeckleri. (Fontaines,
jardins, palais, etc.) *Norimbergæ, s. d.* — Theatrum machi-
narum novum, per G. A. Boecklerum. *Coloniæ*, 1662. 1 vol.
in-fol., fig., vél.

109. Dichirazione dei disegni del reale palazzo di Caserta, di
Ant. Luigi Vanvitelli. *In Napoli, nella Regia Stamperia*, 1756.
Gr. in-fol., fig., bas. marbr.

110. Résidences mémorables de l'incomparable héros de notre siècle. Représentation exacte des édifices et jardins de S. A. le prince Eugène de Savoie. Par Lucq de Hildebrand, M. Girard et Sal. Kleiner. *Augsbourg, Jer. Wolff,* 1731-1740. 10 part., gr. in-fol. obl., cart.

Suite très-rare, contenant de nombreux et riches intérieurs dans le genre de Le Pautre et le Decker, de la serrurerie, etc. etc. Quelques-unes des grandes planches pliées ont des raccommodages dans les marges. La planche 6 de la Xe partie ne s'y trouve pas ; nous ignorons si elle a été gravée, elle n'a jamais fait partie de l'exemplaire.

111. Un vol. gr. in-fol. avec dessins coloriés exécutés aux XVIIe et XVIIIe siècles, et représentant des édifices de l'Italie, monuments de Paris, etc.

112. Œuvre de B. Toro. Cadres, vases, orfévrerie, plafonds, ornements, cartouches, décorations, etc., inventez par J. B. Toro, sculpteur du roy. 94 pièces en 1 vol. in-fol., d.-rel., n. rogn.

Bel exemplaire. Très-rare.

113. Vitæ et icones sultanorum turcicorum, principum Persarum, etc., ab Osmano ad Mahometum II, J. Boissardo autore, omnia recens in æs incisa per Theod. de Bry. *Francofurti ad Mœnum,* 1596. In-4, vél.

Première édition. Les portraits, avec belles bordures variées, sont très-beaux d'épreuves dans cet exemplaire.

114. Recueil d'emblèmes, devises, médailles et chiffres, par Verrien. *Paris, Jombert,* 1724. In-8, portr., veau marbr.

Bel exemplaire.

115. Liure de feuilles d'orfeuerie et de taille d'epargne (bijoux, nielles, etc.). J. A. Bœner sculps. *Se trouvent chez George Schnurer, marchand en tailles douces à Nuremberg,* 1683. 8 planches in-4 obl.

116. Rump (orfévre) inven. Jeux d'échecs et de dames. 4 pièces, in-fol. obl.

117. Rump. inv. Wachsmuth sc. Cartouches à l'usage des orfévres. 6 pièces, in-4 obl.

118. Rump inv. Pinz sculps. Nouveau livre de cartouches, 6 pièces, in-4 obl.

119. Gutwein, orfévre, del. et s. Ornements pour orfévres, plafonds, cartouches, dessus de boîtes, etc. 2 part., 15 pièces, in-4 obl.

120. B. Heiglin inven. Baumgartner sc. Livre de grotesques, ornements pour orfévres. 2 part., 8 p., in-4 obl., c.

121. Lavabos, pots à eau, etc. 6 p., in-fol. obl., c.

122. Joh. Baur inv. et del. Cafetières, théières, pots à lait, etc. 2 cah. in-fol. obl., 8. p., cart.

123. Eissler inven. et del. Théières, cafetières, etc. 6 pièces, in-fol. obl.

124. Eissler inv. Sonnettes, gobelets, cafetières, etc. 4 pièces, in-fol. obl.

125. **J. F. Hildt.** inv. Vaisselle d'argent, pots, vases, etc. 2 part., 9 p., in-fol. obl., c.

126. Bonbonnières, boîtes, pommes de canne, etc. 2 part., in-fol. obl., 8 pièces, cart.

127. L'Architectura Lehr-und Kunstbuch allerhand Portalen und Epitaphien, allen Schreinwerkern und Steinhewern zu Gefallen an tag geben, dürch Johan Jacob Ebelman, von Speir. (Ornements à l'usage des ébénistes, menuisiers et sulpteurs.) *Cœllen, Johan Bussemecher*, 1600. 20 planches, y compris le titre, in-fol., cart.

    Ces eaux-fortes, dans le genre de Dietterlin, et représentant des meubles, des portes, etc., sont extrêmement rares.

128. Habermann inv. et del. Fauteuils, chaises, tabourets. 4 pièces, in-fol. obl.

129. Jer. Wachsmuth inv. Modèles pour incruster les meubles de cuivre jaune. 3 part., 10 pièces, in-fol. obl.

130. Rump inv. Ornements pour consoles, etc. 4 pièces, in-4 obl.

131. Jer. Wachsmuth inv. Ornements riches pour portes, fenêtres, plafonds, etc. 4 part., 16 pièces, in-fol. obl.

132. Plafonds et ornements pour plafonds. 2 part., 8 p., in-fol. obl., c.

133. Carol. Puër inv. et delin. Plafonds. 2 part., 10 pièces, in-fol. obl., c.

    Très-beaux.

134. Premier et second cahier d'arabesques inventés par François Boucher à Paris, et gravés par Kohlmann. *S. l. n. d., rue Sainte-Ursule.* 8 planches in-4 obl., br.

135. Magazyn van Tuin-Sierraden, par C. van Laar. Ornements, pavillons, grilles, etc., pour jardins. *Amsterdam, Allart,* 1802. 15 part., gr. in-4, fig. color., cart., non rogn.

136. Almanach iconologique ou des arts pour les années 1765.

1766, 1767, 1768. Orné de figures avec leurs explications, par M. Gravelot. *A Paris, chez Lattré.* 4 vol. en un, in-12, maroq. rouge, fil., tr. dor. (*Derome.*)

Premières épreuves des figures de Gravelot. Rare.

137. Liber artificiosus Alphabeti maioris, oder neu inventirtes Kunst-Schreib und Zeichenbuch. von J. Merken. *Elberfeld*, 1782. 2 part. en 1 vol., in-fol. obl., 56 planches, d.-rel.

138. Ung nouueau liure, auec plusieurs sciences et patrons qui n'ont point este encore imprimees. — Ein New Kuenstlich Moedelbuch, daryn vill schoener staelen, die ietzundt auff das newst, noch nye im druck ausgangen, als Koertges werck, Lombardisch und vberlegt werck, auch Wapenstikers un Schnitzlers, Frauwen und Junckfrawen fast nutzlich darausz zu lernen, etc. *Gedruckt zu Coln durch Peter Quentel. Im iair* 1544. Pet. in-4, vél.

Très-bel exemplaire. Ce volume, de la plus grande rareté, se compose de 28 feuillets dont le dernier blanc. Le verso de l'avant-dernier contient les armes de Cologne avec la devise *O fœlix Colonia.* Signat. A.-G.
C'est le plus rare des volumes qui donnent des modèles de dentelles.

139. Das newe Modelbuch. (Le nouveau livre de modèles de travaux à l'aiguille et au crochet et de broderies), par R. H. Furstinn. *Nürnberg* (1666) et années suiv. 3 part., un vol. in-4 obl., vél.

Très-rare. L'ouvrage contient un certain nombre de planches gravées par J. Siebmacher. La seconde partie seule de cette collection a été vendue 100 fr. le 3 novembre 1865.

VI. — HISTOIRE MILITAIRE, ÉQUITATION, TOURNOIS, CHASSE, ETC.

140. Histoire militaire de la Suisse, et celle des Suisses dans les différents services de l'Europe, par M. May de Romainmoutier. *Lausanne*, 1788. 8 vol. in-8, cart., n. rogn.

141. Histoire des dernières campagnes du maréchal de Turenne en 1672-75, par le chev. de Beaurain. *Paris*, 1782. In-fol., fig., d.-rel.

142. Histoire du vicomte de Turenne (par de Ramsay). *Paris, Muzières et Garnier*, 1735. 2 vol. gr. in-4, fig., veau.

143. Histoire militaire de Flandres, depuis l'année 1690 jusqu'en 1694, par le chevalier de Beaurain. *Paris*, 1756. 3 vol. in-fol., fig., veau marbr.

144. Histoire militaire du prince Eugène de Savoie, du duc de Marlborough et du prince de Nassau-Frise, par M. Rousset. *La Haye*, 1729-47. 3 vol. gr. in-fol., fig., veau marbr.

145. Mes Rêveries, ouvrage posthume de Maurice, comte de Saxe, maréchal général des armées; augmenté d'une histoire de sa vie par l'abbé Préau. *Amsterdam*, 1757. 2 vol. in-4, costumes milit. et autres fig., br.

146. La Cavalerie française et italienne, ou l'Art de bien dresser les chevaux selon les préceptes des bonnes écoles des deux nations, tant pour le plaisir de la carrière et des carozels, que pour le service de la guerre, par Pierre de la Nove. *A Strasbourg, chez Jacques de Heyden, chalcographe.* A la fin : *Achevé d'imprimer le dernier iour de juillet, l'an de grâce 1626. A Lyon, par Claude Morillon.* In-fol., fig. en taille-douce, cart.
   Beau volume, d'une grande rareté.

147. Instruction du roy en l'exercice de monter à cheval, par Antoine de Pluvinel. Le tout enrichy de grandes figures en taille-douce, desseignees et gravees par Crispin de Pas le jeune. *Paris, Michel Nivelle*, 1625. In-fol., vél. (*Aux armes des comtes Fugger.*)
   Bel exemplaire, dans sa première reliure. Dans le même vol. Meynier, fortification des places. *Paris*, 1626. Fig. de C. de Pas.

148. Instruction du roy en l'exercice de monter à cheval, par messire Antoine de Pluvinel. *Paris, Toussaint Quinet*, 1640. In-8, parch.

149. L'Art de monter à cheval, qui monstre la belle et facile methode de se rendre bon homme de cheval, par le Sr Delcamps. Augmenté d'une seconde partie par Samuel Fouquet. *Paris, Le Gras*, 1664. Pet. in-8, fig., parch.

150. L'Art de cavalerie, ou la Manière de devenir bon écuyer, par Gaspard de Saunier. *Amsterdam, Neaulme*, 1756, in-fol., fig., cart., n. rogn.

151. Anfang, Ursprung und Herkommen des Thurniers inn teutscher Nation. *Siemern, Hier. Rodler*, 1532. In-fol. goth., nombreuses gravures en bois., rel. en bois.
   Ce livre, très-rare, a été imprimé au château de Simmern par J. Rodler, secrétaire du comte palatin Jean de Bavière. Le texte est dû à G. Ruxner. Il présente le plus grand intérêt pour l'histoire des familles allemandes, parce que presque toutes ses pages donnent les noms des seigneurs qui ont figuré dans les tournois de cette époque, ainsi que leurs blasons.
   La première des grandes planches porte le monogramme H H.

152. Thurnierbuch. Livre de Tournois, par Ruxner. *Franckfurt,*

1578. — Warhafftige Beschreibung aller Kurtzweil und Rit-
terspiel so Maxilian II, zu Wien gehalten. (Description des
tournois tenus à Vienne en Autriche en 1550.) *Franckfurt*,
1578. 2 vol. en un, in-fol., vél.

> Cet ouvrage contient de nombreuses gravures en bois par J. Amman et des
> centaines de blasons gravés.
> Bel exemplaire, avec plusieurs gravures ajoutées.

153. Ritterliche Reiterkunst. *Franckfurt, Feyrabend*, 1584.
In-fol., cart.

> Très-bel exemplaire de ce volume rare, orné de nombreuses et belles gra-
> vures en bois par J. Amman, représentant *des tournois, costumes militaires
> du XVI° siècle*, etc.

154. Histoire de tous les ordres militaires ou de chevalerie,
contenant leurs institutions, leurs cérémonies, leurs pra-
tiques, leurs principales actions et les vies de leurs grands
maîtres, avec leurs vêtements, leurs armes et leurs devises,
gravés sur cuivre par Andrien Schoonebeek. *Amsterdam,
Desbordes*, 1699. 2 vol. en un, pet. in-8, 119 planches,
bas.

155. Histoire des ordres militaires, ou des chevaliers, des mi-
lices séculières et régulières de l'un et de l'autre sexe, qui
ont été établies jusques à présent; contenant leur origine,
leurs fondations, leurs progrès, leur manière de vie, leur
décadence, leurs réformes, etc.; avec des figures qui représentent les différens habillemens de ces ordres. *Amsterdam,
P. Brunel*, 1721. 4 vol. pet. in-8, veau.

156. Histoire du clergé séculier et régulier, des congrégations
de chanoines et de clercs et des ordres religieux de l'un et de
l'autre sexe qui ont été établis jusques à présent, avec des
figures qui représentent les différens habillemens de ces ordres et congrégations. *Amsterdam, Brunel*, 1716. 4 vol. pet.
in-8, veau.

157. Stabilimenta Rhodiorum militum sacri ordinis hospitalis
sancti Johannis Hierosolymitani. *Ulme, impressum p. Joannem Reger de Kemnat*, 1496. In-fol. goth., rel. en bois.

> Exemplaire grand de marges et bien conservé. 94 feuillets dont les deux
> derniers blancs. Cet ouvrage rare est orné de 20 *grandes gravures en bois*
> représentant les cérémonies de l'ordre. Sur la dernière se trouve le portrait
> de l'auteur avec l'inscription : *Guilelmus Caoursin Rhodiorum vicecancellarius,
> compilator stabilimentorum.*

158. La grande et merveilleuse et tres cruelle expugnation de
la noble cite de Rodes, par Jacques bastard de Bourbon. *A la
fin :* Cy finist ce present liure intitule Le siege, oppugnation
et prinse de la iadis honoree et maintenant paoure desolee et

captiuee cite de Rhodes. *Imprime a Paris par Pierre Vidoue pour Gilles Gourmont et Jehan de Breda, 1525.* Pet. in-fol., goth., cart. (*Piqûre.*)

Première édition. Exemplaire incomplet du titre imprimé.

159. Histoire des chevaliers de l'ordre de S.-Jean de Jerusalem, par J. Baudoin, publ. par F. A. de Naberat. *Paris*, 1629. In-fol., fig., bas. gaufr.

160. Histoire des chevaliers de S. Jean de Jerusalem, appelés depuis chevaliers de Rhodes, et aujourd'hui chevaliers de Malthe. *Paris, Rollin*, 1726. 4 vol. in-4, portr., v. (*Aux armes.*)

161. La Regla y establecimientos de la cavalleria de Santiago del Espada. Con la Historia del origen y principio della. *S. l.* (1575). In-fol., front. grav. et fig. en bois, mar. rouge, à riches compart., tr. dor. (*Aux armes de Fugger.*)

162. Der Kaiser, Könige, Ertzherzogen, Fürsten, Grafen, Herren vom Adel und anderer berühmbter Kriegshelden Waffen und Rüstungen. (Les armures des capitaines célèbres des XV⁰ et XVI⁰ siècles qui se trouvent conservées dans le château d'Ambras, en Tyrol.) Publ. par Jac. Schrenck de Notzing. *Ynszprugg*, 1602. Gr. in-fol. 4 ff., prél. dont un front. grav. et 125 planches, bas. gaufr.

Le plus beau et le plus curieux livre qui ait été publié sur les armures. Les planches ont été gravées par D. Custodis. Chaque gravure est entourée d'une riche bordure qui est toujours différente.

163. Collection d'Ambras. Ambrassische Helden Rüst-Kammer, erneuert von J. D. Kochleg. *Nurnberg, Weigel*, 1735. In-4, 125 planches gravées en taille-douce, vél. cordé.

La même collection que la précédente gravée dans un plus petit format.

164. La Venerie royale, divisée en IV parties qui contiennent les chasses du cerf, du lièvre, du chevreuil, du sanglier, du loup et du renard, par R. de Salnove. Avec le dictionnaire des chasseurs. *Paris*, 1665. In-4, front. grav., bas.

165. Jag- u. Weydwerck-Buch. Das ist gründliche Beschreibung vom Anfang der Jagten auch. vom Jäger, seinem Horn, Stimm u. Hunden. Wie die zu allerley Wildpret abzurichten, zu pfneitschen etc., It. von d. Hirsch-, Schweins-, Hasen, wilden Küllen-, Fuchs-, Dachs-, Beeren-, Gemsen- u. Wolfs-Jagd. It. von Adelichem Weydtwerck der Falcknerey u. wie man allerley Geflügel, als Kranich, Rephühner, Wachteln, wilde Gäns u. Antvögel fangen soll. *Getruckt zn Franckfurt* *bey Joan. Feyerabendt*, 1582. In-fol., nombreuses fig. en bois par J. Amman, vél.

Très-rare. Un des ouvrages les plus curieux sur la chasse.

166. La Caccia di Giacomo di Fuglioso...., tradotta di lingua francese da Cesare Parona. *Milano, A. Comi*, 1615. Pet. in-8, fig. sur bois, cart.

Exemplaire non rogné.

167. Traité de toute sorte de chasse et de pêche, contenant la manière de faire toutes sortes de filets, de prendre aux piéges toutes sortes d'oiseaux et bêtes à quatre pattes, un traité de volerie et des oiseaux qui y servent, un traité de la grande chasse, etc. *Amsterdam, E. Roger*, 1714. 2 vol. in-12, fig., v. jasp.

Très-bel exemplaire.

168. Amusemens de la campagne, ou Nouvelles Ruses innocentes qui enseignent la manière de prendre aux piéges toutes sortes d'oiseaux et de bêtes à quatre pieds. Avec les plus beaux secrets de la pêche, par P. Liger. *Paris, Savoye*, 1753. 2 vol. in-12, fig., v.

169. La Caggiatione de' volatili, o sia l'Arte di pigliare uccelli in ogni maniera, da G. Pontini. *Vicenza, Occhi*, 1758. In-8, fig., cart., n. rogn.

170. Ornements pour arquebusiers. 1 pl. D. Marteau fecit, 1734. Poignées d'épées, etc., par Wachsmuth. 6 pl. In-4 obl.

171. Ein new Kochbuch (ou Nouvelle Description comme on doit apprêter la viande, le gibier, la volaille, les poissons frais et fumés, les rôtis, les pâtés et toutes sortes de légumes....., à l'allemande, à la hongroise, à l'espagnole, à l'italienne et à la française, par Marx Rumpoldt). *Franckfurt, Sig. Feyrabendt*, 1587. In-fol., fig., vél.

Ce volume est orné de nombreuses et belles gravures sur bois par Josse Amman. L'auteur, qui avait été cuisinier chez des grands seigneurs en Italie, aux Pays-Bas, en Russie, Pologne, Hongrie, Bohême, Autriche, etc., était aussi celui d'Anne de Danemark, à laquelle il a dédié son livre. Il se dit né en Valachie, de noble race, et il place son *art* au-dessus de tous les autres.

172. Il Trinciante di M. Vincenzo Cervio, ampliato et ridotto a perfettione dal cavalier reale Fusoritto da Narni. *Venetia, Varisco*, 1593. In-4, fig. sur bois, vél.

173. L'Art de trancher la viande et toutes sortes de fruits à la mode italienne et nouvellement à la françoise, par sieur Jacques Vontet, écuyer tranchant (vers 1640). In-4, bas.

Manuscrit d'une très-belle écriture, orné de nombreuses gravures en taille-douce d'une exécution remarquable; ces gravures ne sont pas tirées d'un livre, elles ont été exécutées pour recevoir un texte manuscrit.

I. — POÉSIES.

174. Œuvres complètes d'Homère (l'Iliade), traduction nouvelle dédiée au Roi, par M. Gin. *Paris, Didot,* 1788. 4 vol. in-4, fig. de Marillier, cart., non rogn.

175. Le Roman de la Rose, par Guillaume de Lorris et Jehan de Meung, nouvelle édition, revue et corrigée sur les meilleurs et plus anciens manuscrits, par M. Méon. *Paris, Didot l'aîné,* 1814. 4 vol. in-8, pap. vélin, fig., cart., non rogn.

176. Anthologie françoise, ou Chansons choisies depuis le XIIIe siècle jusqu'à présent. *S. l. (Paris),* 1765. 3 vol. in-8, fig. de Gravelot et musique, d.-rel.

177. Sensuyt le Labirîth de fortune et seiour des trois nobles dames, compose par lacteur des Regnars traversans et loups ravissans (Jehan Bouchet). ❡ *Cy finist le labyrinth de fortune... Nouvellement imprime à Paris, par philippe le noir...* XXXII. (1532). In-4, fig. au titre, parchemin.

Superbe exemplaire avec témoins, dans sa première couverture (rel. molle).

178. La vie de madame Saincte Marguerite. *On les vêd à Paris, en la rue Neufue Notre-Dame, a lenseigne de la Rose rouge. S. l. n. d. (Paris, N. Vostre, vers* 1520). In-8, goth. cart.

Très-bel exemplaire. Une édition imprimée à Lyon a été vendue 124 francs à la vente Solar.

179. Les Œuvres de Joachim Du Bellay, reueues et de nouueau augmentees de plusieurs poësies non encores au parauant imprimees. *Rouen, Thomas Mallard,* 1597. In-12, vél.

180. Le Cavalier parfait du sieur de Trellon, ou sont comprinses toutes ses œuvres, diuisées en quatre liures. *Lyon, Thibault Ancelin,* 1599. In-12, parch.

181. Le Faut-mourir, et les excuses inutiles qu'on apporte à cette necessité. Augmenté de l'Aduocat nouuellement marié, par M. Jacques-Jacques. Le tout en vers burlesques. *Lyon,*

1678. In-12, frontisp., gr., bas. (*Piqûres dans la marge extérieure.*)

182. Fables de La Fontaine. Imprimées par ordre du Roi pour l'éducation du Dauphin. *Paris, Didot,* 1788. In-4, pap. vél., cart., non rogn.

183. Le Tableau de la vie et du gouvernement des cardinaux de Richelieu, de Mazarin et de Colbert, représenté en diverses satyres et poésies ingénieuses, avec un recueil d'épigrammes sur Fouquet (et, à partir de la page 351 : Paris ridicule, poëme satyrique). *A Cologne, chez Pierre Marteau,* 1693. Pet. in-8, cart.

184. Odes, cantates, épîtres et poésies diverses de J. B. Rousseau. Imprimées par l'ordre du Roi pour l'éducation du Dauphin. *Paris, Didot,* 1790. Gr. in-4, pap. vél., cart., non rogn.

185. Le Conseil de Momus et la revue de son regiment, poëme calotin (par Bosc du Bouchet). *S. l. n. d.* In-8, fig., veau br.

Exemplaire avec la figure du dieu Pet.
Dans le même volume : Brevet de garde des manuscripts du regiment de la Calotte en faveur de M. Berger de Charancy. *Paris,* 1740. 8 pages en vers, br.

186. La Henriade de Voltaire, avec des variantes. Imprimé par ordre du Roi pour l'éducation de Mgr. le Dauphin. *Paris, Didot,* 1790. Gr. in-4, pap. vél., cart., non rogn.

187. Les Baisers, précédés du Mois de Mai. *La Haye,* 1770. Gr. in-8, fig. et vign. d'Eisen, v. éc., fil., tr. dor.

Bel exemplaire en grand papier, avec les passages imprimés en rouge.

188. Recueil de contes et de poëmes (par Dorat). *La Haye,* 1770. Gr. in-8, fig. d'Eisen, v. éc. fil., tr. dor. (*Grand papier.*)

189. Mes fantaisies (par Dorat). *Amsterdam,* 1768. Gr. in-8, v. éc., fil , tr. dor. (*Grand papier.*)

190. Les Tourterelles et Zelmis, et d'autres pièces (par Dorat). *Paris,* 1765. In-8, fig. d'Eisen. (*Grand papier.*)

191. Lettres d'une chanoinesse de Lisbonne (par Dorat). *La Haye,* 1770. Gr. in-8, fig. d'Eisen, v. éc., fil., tr. dor. (*Grand papier.*)

192. Lettres en vers (par Dorat). *Paris,* 1776. Gr. in-8, figures et vign., v. éc., fil., tr. dor. (*Grand papier.*)

193. Triomphe de l'Amour, ou Heures de Cythère. *Gnide (Paris),* 1773. In-8, fig., br.

194. Œuvres choisies d'A. P. de Piis. *Paris*, 1810. 4 vol. in-8, br.

195. Le Temple de Gnide, mis en vers par Colardeau. *Paris*, *Le Jay*, *s. d.* — Le Temple de Gnide, poëme, par Léonard. *Paris*, 1772. 1 vol. gr. in-8, fig. de Monnet, veau éc., fil., tr. dor.

196. La Secchia rapita, poema eroicocomico di Alessandro Tassoni. *Parigi*, *Prault*, 1766. 2 vol. gr. in-8, fig. de Gravelot, veau marbr.

197. Orlando inamorato, composto gia dal S. M. Maria Boiardo..... Rifatto da M. Francesco Berni. *Stampati nouamente in Venetia, per li heredi di Lucantonio Giunta*, 1545. In-4, maroq. rouge, fil., tr. dor. (*Rel. anc.*)
> Cette édition, rare et plus ample que celle de 1541. Vendue 10 liv. 10 sch. à Heber.

198. El Cavallero determinado (por. D. Olivier de la Marche), traducido de lengua francesca en castellana, por don Hernando de Acuna. *En Anveres, en l'oficina Plantiniana*, 1591. Gr. in-8, 20 gravures sur cuivre par P. van der Borght, bas., tr. dor.
> Bel exemplaire.

VIII. — THÉATRE.

199. Les Tragédies de Robert Garnier. *Lyon*, *Morillon*, 1595. In-16, parch.

200. Les Comedies facecieuses de Pierre de Larivey, Champenois. Seconde édition. *Lyon*, *B. Rigaud*, 1597. In-12, vél.
> Bel exemplaire.

201. Œuvre de chasteté, qui se remarque par les diuerses fortunes, aduentures et fidelles amours de Criniton et Lydie. Liure premier. Ensemble la tragédie de Cleopatre. Le tout de l'inuention d'Ollenix du Mont-Sacré. *Se vendent à Paris, par Guillaume Des Rues*, 1595. A la fin du premier volume : *Acheué d'imprimer le 25 Février 1595. A Lyon, par Pierre Dauphin.* 2 vol. en un, in-12, bas.
> Bel exemplaire.

202. Le Théâtre de P. Corneille. *Genève*, 1764. 8 vol. in-4, fig. de Gravelot, veau éc., fil., tr. dor. (*Bel exemplaire.*)

203. Le Théâtre de P. Corneille, avec des commentaires. *S. l.*, 1765. 12 vol. in-8, fig. de Gravelot, bas.

204. Le Cid, par Corneille. *Suivant la copie imprimée à Paris, 1644.* — Cinna. 1648. — Les Visionnaires. 1648. — D. Sanche d'Aragon. 1650. — Scarron : l'Héritier ridicule. 1650. — Horace, tragedie par le Sr. Corneille. 1647. — Dans un vol. pet. in-12., parch. (*Première reliure.*)

> Éditions des Elzevier très-rares. Beaux exemplaires. Il y a quelques transpositions dans le volume, qui contient différentes pièces qui font partie de l'illustre théâtre.

205. Œuvres de Racine. *Amsterdam, chez Abr. Wolfgang,* 1690. — Athalie, tragédie tirée de l'Écriture sainte. *Suivant la copie imprimée à Paris,* 1691. — Esther, tragédie. *Suivant la copie,* 1692. 2 vol. pet. in-12, fig., bas.

> Bel exemplaire grand de marges.

206. Œuvres de Racine. *Paris,* 1760. 3 vol. in-4, portr. et fig., v.

207. Le Théâtre de M. Quinault. *Suivant la copie imprimée à Paris (au Quærendo),* 1673. 2 vol. pet. in-12, frontisp. gr., veau, br., tr. dor.

208. La Déclamation théâtrale (par Dorat). *Paris,* 1766. In-8, fig. et vign. d'Eisen, v. éc., fil., tr. dor. (*Grand papier.*)

209. Théâtre de Dorat. *Paris,* 1767-70. 3 vol. gr. in-8, fig. d'Eisen, v. éc., fil. tr. dor. (*Grand papier.*)

IX. — ROMANS, CONTEURS, ETC.

210. La Pucelle d'Orléans, restituée par Beroalde de Verville. *Paris, Mathieu Guillemot,* 1599. In-16, parch.

> Très-rare.

211. Histoire des amours de Lysandre et de Caliste (par Daudiguier). *Amsterdam, J. de Ravestein,* 1663. Pet. in-12, frontisp. gr., parch.

212. La Princesse de Clèves (par Mme de La Fayette). *Paris, chez Claude Barbin,* 1678. 4 tomes en 1 vol., pet. in-12, veau br.

> M. Brunet ne cite pas cette édition, qui paraît avoir été imprimée en Hollande. On trouve sur les titres le nom de Barbin, et à la fin du dernier volume le privilége et l'*achevé d'imprimer pour la première fois le 8 mars* 1678.

213. Les Aventures de Télémaque, par Fénelon. *De l'imprimerie de Monsieur*, 1785. 2 tomes en 1 vol., gr. in-4, pap. vél., cart., n. rogn.

214. Les Quinze Joies du mariage, ouvrage très-ancien (mis en lumière par Fr. de Rosset), auquel on a joint le Blason des fausses amours, etc.; le tout enrichi de remarques (par Le Duchat). *La Haye, Rogissart*, 1726. In-12, d.-rel., non rogn.

215. Les Œuvres de maistre Françoys Rabelais, docteur en médecine. *A Troyes, chez Loys qui ne se meurt point*, 1613. Pet. in-12, parch.

216. Les Œuvres de François Rabelais, augment. de la vie de l'auteur et de quelques remarques sur la vie et l'histoire. Avec l'explication de tous les mots difficiles. *S. l. (Amsterdam, L. et D. Elzevier)*, 1663. 2 vol. pet. in-12, veau éc., fil., tr. dor.

217. Les Contes et Discours d'Eutrapel. Par le feu seigneur de la Herissaye, gentilhomme breton. *A Rennes, pour Noël Glamet, de Quimpercorentin*, 1587. In-16, 550 pages et un f. pour la table, v.

Joli exemplaire d'une édition rare.

218. Les Serées de Guillaume Bouchet, sieur de Brocourt, divisées en trois livres où sont contenues diverses matieres fort recreatives et serieuses, utiles et profitables à toutes les personnes melancholiques et joviales. *Lyon Rigaud*, 1618. 3 tomes en 1 vol., pet. in-8, vél.

Bel exemplaire. Cette édition est regardée comme une des meilleures.

219. La grande division arrivée ces derniers iours entre les femmes et filles de Montpellier. Avec le suict de leurs querelles. *Paris*, 1622. Pet. in-8 de 16 pages.

220. Pensées facétieuses et bons mots de Bruscambille, comédien original. *Cologne, Savoret*, 1709. In-12, frontisp. gr., bas.

221. Amours des dames illustres de notre siècle. *Cologne, Jean Le Blanc*, 1700. Pet. in-12, fig., v. br.

Cette édition contient *le Passetemps royal* et *la Deroute des filles*, etc.

222. Le Decameron de M. Jean Bocace, Florentin, traduit de l'italien en françois par M. Antoine Le Maçon. *Lyon, Jean Le Fevre*, 1547. In-16, fig. sur bois, vél.

Joli exemplaire. Traduction fidèle qui représente, dans cette édition, l'original en toute son étendue. (David Clément IV, 369.)

223. Maintenoniana, ou Choix d'anecdotes intéressantes, de portraits, de pensées ingénieuses... de Mme de Maintenon. *Amsterdam*, 1773. In-8, v. marbr.

224. Le Temple de Gnide, par Montesquieu, avec Céphise et l'Amour, et Arsace et Isménie. *Paris, Didot jeune, an III.* In-16, fig., pap. vél., broch.

225. Le Philosophe amoureux, ou les Mémoires des comtes de Mommejan, par le marquis d'Argens. *La Haye, Moetjens,* 1737. Pet. in-12, cart.

226. Anecdotes sur Mme la comtesse Du Barri. *Londres, Adamsohn,* 1776. In-12, portr., d.-rel.

X. — POLYGRAPHES.

227. Œuvres de Nicolas Boileau Despréaux, avec des éclaircissements historiques. Nouvelle édition, enrichie de figures gravées par B. Picart. *La Haye,* 1729. 2 vol. in-fol., v.

228. Œuvres de Boileau Despréaux, avec des éclaircissements historiques donnés par lui-même et rédigés par M. Brossette; augmentées de plusieurs pièces, tant de l'auteur qu'ayant rapport à ses ouvrages, avec des remarques et dissertations critiques par M. de Saint-Marc. Nouvelle édition, augmentée, enrichie de figures gravées d'après les dessins du fameux Picart le Romain. *Amsterdam, Changuion,* 1772. 5 vol. in-8, veau fil., tr. dor. (*Anc. rel.*)

Très-bel exemplaire.

229. Œuvres de Fontenelle. Nouvelle édition ornée de figures par B. Picart le Romain. *La Haye, Gosse,* 1728-29. 3 vol. in-fol., fig., vél. (*Bel exempl.*)

230. Œuvres de Voltaire (avec des avertissements et des notes de Condorcet). *De l'imprimerie de la Société littéraire et typographique (à Kehl),* 1784-1789. 70 vol. in-8, fig., d.-rel.

231. Œuvres de Prevost. *Amsterdam,* 1783-85, 39 vol. in-8, fig., cart. (*Manque le tome III.*)

XI. — VOYAGES, HISTOIRE UNIVERSELLE ET ANCIENNE, HISTOIRE ECCLÉSIASTIQUE.

232. Histoire générale des voyages de M. l'abbé Prevost, rédigée par M. de La Harpe. *Paris*, 1780. 18 vol. in-8 avec fig. et atlas in-4, veau marbr. (*Bel exempl.*)

233. Atlas historique, généalogique et géographique de A. Le Sage (Las Cases). *Paris, s. d.* Gr. in-fol., d.-rel. mar., n. rogn.

234. Itinerarius Joannis de Hese presbyteri a Hierusalem, describens dispositiones terrarum, insularum, montium et aquarum, et etiam quedam miracula per diversas partes mundi contingentia enarrans. Tractatus de decem nationibus et sectis christianorum. Epistola Joannis Soldani ad Pium papam. — Epistola responsoria Pii. — Joannis presbyteri maximi, Indorum et Ethioporum imperatoris, epistola ad Emanuelem Romæ gubernatorem, de ritu et moribus Indorum, etc. *Daventriæ, Jacobus de Breda*, 1504. Pet. in-4, goth., bas.

Petit volume de 20 ff. de la plus grande rareté.

235. Relation iournalière du voyage du Levant, faict et descrit par messire Henri de Beauveau, baron dudict lieu et de Manonville. *A Toul, par François du Bois*, 1608. Pet. in-8, parch.

Bel exemplaire. Première édition, très-rare.

236. L'Histoire de Thucydide, Athenien, de la guerre qui fut entre les Peloponnesiens et Atheniens. Translatee en lange Francoyse par feu messire Claude de Seyssel, euesque de Marseille et depuis archeuesque de Turin. *Imprimé à Paris, en l'hostel de maistre Josse Badius*, 1527. In-fol., v. ant.

Première édition. Très-bel exemplaire dans sa première reliure.

237. Salluste. Opera Sallustiana. Caii Crispi Sallustii inter historicos nominatissimi ac yeri cum Jodici (*sic*) Badii Ascensii expositione. *Lugduni, impressus per Joannem de Jonuelle dictum Piston*, 1517. In-4, go·h., peau de truie, gaufr., coins et fermoirs.

Cette édition, qui contient un grand nombre de jolies gravures sur bois, renferme tout ce que les anciens ont publié sur la guerre jugurthine et la conjuration de Catilina (les oraisons de Cicéron, etc.).
Dans le même volume : Laurentius Valla. *Lugduni, Cleyn*, 1515.

238. Les Histoires et Chroniques du monde, de Jean Zonaras, grand chancelier et dronguaire du guet de Constantinople, trad. par Milles de S. Amour. *Paris, Julian*, 1583. In-fol., v.

239. Abrégé de l'histoire ecclésiastique, contenant les événemens considérables de chaque siècle (par Racine). *Cologne*, 1765. 13 vol. in-4, d.-rel.

240. Histoire de l'estat de la France, tant de la Republique que de la Religion. *S. l.*, 1576. In-8, parch.
     Première édition.

241. Johannis Sleidani Warhaftige Beschreibung aller Haendel so sich in Glaubens-Sachen zugetragen. *Franckfurt*, 1588. In-fol., v. gaufr.
     Exemplaire précieux auquel on a ajouté à l'époque de nombreuses gravures.

242. Troisieme recueil des martyrs qui de ce temps ont constamment endure la mort pour la vraye doctrine du Fils de Dieu, sur tout au pays d'Angleterre, de France et de Flandres. *S. l., Jean Crespin*, 1556. Pet. in-8, parch.
     Bel exemplaire d'un volume très-rare.

243. Histoire des martyrs persecutez pour la vérité de l'Evangile, depuis le temps des Apostres iusques à l'an 1574, comprinse en dix livres contenans actes memorables du Seigneur en l'infirmité des siens, non seulement contre les efforts du monde, mais aussi contre diuerses sortes d'assaut et heresies monstrueuses. 5 ff. prél., 732 ff. et 6 ff. pour la table *S. l.* (*Genève*), 1582. In-fol., d.-rel., vél.
     Bel exemplaire réglé. Cette édition du célèbre martyrologe de Crespin est la mieux imprimée; elle est très-rare.

244. Hogenberg. Cent et une planches des événements qui ont eu lieu dans les Pays-Bas, depuis l'année 1577 jusqu'en 1587. En 1 vol. in-fol., veau ant., anc. rel. (*Aux armes des de Beveren et de Raesvelt.*)
     Bel exemplaire d'un volume très-curieux.

245. Icones, id est : Veræ imagines virorum doctrina simul et pietate illustrium..., additis eorundem vitæ et operæ descriptionibus, quibus adjectæ sunt nonnullæ picturæ quas emblemata vocant, Theodoro Beza auctore. *Genevæ, apud J. Laonium*, 1580. In-4, vél., tr. dor.
     Bel exemplaire, réglé dans sa première reliure.
     Édition originale d'un recueil rempli de portraits et de jolis emblèmes gravés en bois, avec bordures variées. L'ouvrage, dédié à Jacques VI, roi d'Écosse (dont le portrait se trouve au verso du titre), contient les vies (91) de la plupart des réformateurs et de quelques philosophes, littérateurs et femmes célèbres. Les portraits, outre celui de Jacques VI, sont au nombre de 37, parmi lesquels ceux de : J. Hus, Jérôme Savonarole, Érasme, Luther, Mélanchthon, Hulr. Zwingle, Œcolampade, Pierre Martyr, Calvin, Furel, P. Vi-

ret, François Ier, Marguerite de Valois , M. L'Hospital, Lefèvre d'Estaples, Cl. Marot, Crammer, Knox, etc. Les emblèmes sont au nombre de 44.

246. Histoire générale des églises évangéliques des vallées de Piémont ou vaudoises , où l'on voit la perpétuité de leurs disciplines et de leur doctrine, depuis leur origine dès le on-zième siècle jusqu'à présent. *Leyde, J. Le Carpentier*, 1669. In-fol., fig. et carte, veau brun.

> Bel exemplaire, avec le portrait de l'auteur.

247. Histoire de l'édit de Nantes, contenant les choses les plus remarquables qui se sont passées en France avant et après sa publication, à l'occasion de la diversité des religions. *Delft, Adrien Beman*, 1695. 5 vol. in-4, parch.

> Ouvrage important pour l'histoire du protestantisme en France, publié par Élie Benoist.

248. Explication de l'édit de Nantes, par P. Bernard. *Paris, Vitré*, 1666. In-8, vél.

249. Histoire des evesques de l'Eglise de Metz, par le R. P. Meurisse. *Metz, Jean Antoine*, 1633. In-fol., d.-rel.

250. Histoire de la naissance, du progrès et de la décadence de l'hérésie dans la ville de Metz et dans le pays messin, par le R. P. Meurisse. *Metz, Jean Antoine*,1760. In-4, bas.

> Rare.

XII. — HISTOIRE DE FRANCE ET DES PAYS ÉTRANGERS.

251. Les illustrations de Gaule et singularitez de Troye. Avec la Couronne et plusieurs autres œuvres de lui non jamais encore imprimees. Le tout reveu et fidelement corrigé par Ant. du Moulin, Masconnois. 4 parts en 1 vol. *A Lyon, par Jean de Tournes*, 1549. In-fol., veau.

> Très-bel exemplaire dans sa première reliure.— Édition en caractères ronds. Les poëmes les Trois contes de Cupidon et la Couronne margaritique y sont imprimés pour la première fois.

252. Le Recueil de l'antique preexcellence de Gaule et des Gauloys, composé par Guillaume Le Rovillé d'Alençon. — Epistre des rossignols du parc d'Alençon a la tres illustre royne de Navarre (en vers). *On les vend à Poictiers, à l'enseigne du Pelican.* Pet. in-8, 4 et 60 feuillets (chiffrés 1 à 54), dont le 55e et le 60e sont blancs, cart.

> Bel exemplaire de la première édition. Le Manuel de Brunet n'indique que IV et 54 feuillets.

253. La Grand Monarchie de France, composée par Messire Claude de Seyssel. — La Loy salique, première loy des Françoys. *Paris, Denys Janot pour Gaillot du Pré*, 1540-41. 2 part. un vol. pet. in-8, car. ronds, v. gaufr.

Très-bel exemplaire dans sa première reliure, datée de 1544.

254. Histoire de France avant Clovis, par Laureau. *Paris*, 1789. Histoire de France, par Velly – Villaret – Garnier. *Paris*, 1770-an VII, 16 vol. — Recueil des portraits des hommes illustres dont il est fait mention dans l'histoire de France. *Paris*, 1778-86. 8 vol. — Atlas pour l'histoire de France. *Paris*, 1787. 2 vol. — En tout 25 vol. in-4 et 2 vol. in-fol., veau, fil.

Bel exemplaire. Collection complète. Les huit volumes de portraits se trouvent difficilement.

255. Abrégé chronologique de l'histoire de France par le sieur de Mezeray. *Amsterdam, Wolfgang*, 1682. 6 vol., portr. — Histoire de France avant Clovis. *Amsterdam*, 1700. — Abrégé chronologique de l'histoire de France sous les règnes de Louis XIII et Louis XIV. *Amsterdam*, 1733. 2 vol. — En tout 9 vol. in-12, v., f., tr. dor.

256. Legende de Domp Claude de Guyse, abbé de Cluny, contenant ses faits et gestes depuis sa nativité iusques à la mort du cardinal de Lorraine, et des moyens tenus pour faire mourir le roy Charles neufieme, ensemble plusieurs princes, grands seigneurs et autres durant ledit temps. *S. l.*, 1581. Pet. in-8, 10 ff. prél. et 256 pages, parch.

Bel exemplaire.

257. Le Miroir des François, contenant l'estat et maniement des affaires de France..., le tout mis en dialogue par Nicolas de Montand. *Imprimé l'an* 1592, in-8, parch.

Ouvrage curieux et rare. Cette édition a 8 ff. prél. et 497 pages (inexactement décrit par M. Brunet). Bel exemplaire.

258. Histoire des choses plus memorables de ce qui s'est passé en France depuis la mort de feu Henry le Grand jusques en l'an 1618, par P. Boitel, sieur de Gaubertin. *Lyon* 1618. In-12, rel. en bois.

259. Journal de M. le cardinal de Richelieu qu'il a faict durant le grand orage de la court és années 1630 jusques à 1644. *S. l. (Hollande)*, 1649. 333 pages. — Procès de Mess. de Cinq-Mars et de Thou, instruit par M. le chancelier, 96 pages. — 1 vol. pet. in-12, parch.

260. Memoires du cardinal de Retz. *Amsterdam, Bernard,*
1723. 4 vol., veau. — Mémoires de Gui Joly, conseiller au
Châtelet. *Amsterdam, Bernard,* 1738-39, 2 vol.— Mémoires
de Mme la duchesse de Nemours. *Amsterdam Bernard,* 1738.
7 vol. in-12, marbr., fil. (*Les 3 derniers aux armes de
Pinto.*)

261. Relation de la conduite presente de la cour de France,
adressé à un cardinal de Rome. *Cologne, J. Neelson,* 1665.
Pet. in-12, v. br.

262. Négociations de M. le comte d'Avaux en Hollande, depuis
1679 jusqu'en 1684. *Paris,* 1752. 6 vol. in-12, v., fil.

263. Lettres, mémoires et négociations particulières du chevalier d'Eon. *Imprimé chez l'auteur et se vend à Londres, chez
J. Dixwell,* 1764. 3 part. — Note remise au comte de Guerchy, par d'Éon de Beaumont. *Londres, Dixwell,* 1763. —
Examen des lettres, etc. du chevalier d'Eon. *Londres, Becket
et de Hondt,* 1764. —Lettre au duc de Choiseul par M. Treys-
sac de Vergy. *Liége.* 1764. —Pièces authentiques pour servir
au procès criminel intenté par d'Eon de Beaumont contre le
comte de Guerchy. *Berlin, P. Bordeaux,* 1765.— Ensemble
1 gros vol. in-4, veau gr.

264. De l'Etat de France présent et à venir, par M. de Calonne.
Londres, 1790. In-4, bas.

Exemplaire en grand papier de Hollande.

265. Crimes des rois de France. Crimes des papes. Crimes des
empereurs turcs, par Prudhomme. *Paris,* 1791-92. 3 vol.,
d.-rel.— Crimes des reines de France. *Londres,* 1792. 1 vol.,
cart. — Ensemble 4 vol. in-8, fig.

266. Les Actes des apôtres (par Peltier, Mirabeau, etc.). *Paris,*
1790 et années suiv. 14 vol. in-12, v. fil.

267. Almanach des aristocrates, ou Chronologie épigrammatique
des apôtres de l'assemblée nationale. *A Rome, l'an III de la
Barnavocratie.* In-18, fig., br.

Almanach en vers.

268. Histoire des ducs de Bretagne et des différentes révolu-
tions arrivées dans cette province, par Guyot Desfontaines.
Paris, Damonneville, 1739. 6 vol. in-12, v. br.

269. Histoire de Bertrand Du Guesclin..., composée nouvellement et enrichie de pièces originales par P. H. Sgr de C.

(Paul Hay, seigneur de Chatelet). *Paris, Billaine,* 1666.
In-fol., v.

270. Histoire ecclésiastique et civile de la Lorraine, par Dom
Aug. Calmet. *Paris,* 1728. 4 vol. in-fol., fig., veau marbr.

271. Histoire de la province d'Alsace depuis Jules César jusqu'à présent, par Louis Laguille. *Strasbourg,* 1727. 3 tomes
en vol. in-fol., cartes, veau marbr.

272. Mœurs et coutumes des Corses, par Feydel. *Paris, an VII,*
grav. — Notice historique sur les isles de Malte et du Goze,
par J. F. Mimant. *Paris, an VI.* 1 vol. in-8, d.-rel.

273. Histoires tragiques de nostre temps arrivées en Hollande,
et quelques dialogues françois selon le langage du temps, par
J. N. Parival. *A Leyden, chez Nic. Hercules,* 1656. 2 tomes
en 1 vol., pet. in-8, parch.

274. Nouvelles predictions sur la destinée des États et empires
du monde. *Londres,* 1688. — Nouvelles predictions de
la destinée des princes et États du monde. *Venise, G. del
Campo,* 1688. — Prédictions sur la destinée des princes et
Estats du monde. *Anvers,* 1684. — Pasquini et Marphorii in-
terlocationes (en français et latin). *S. l.,* 1684. — 4 vol. en
un, pet. in-12, vél.
> Toutes ces pièces ont été imprimées en Hollande.

275. Signes épouvantables et merveilleux, vus tant au ciel
qu'en terre ès pays de Berne et de Fribourg ès mois d'Oc-
tobre et de Novembre, 1577. *A Lyon, par Benoist Rigaud,*
1578. 4 feuillets., pet. in-8, cart.
> Très-bel exemplaire d'une pièce rare.

276. Augustæ regiæque Sabaudiæ domus arbor gentilitia, auct.
M. Ferrero a Labriano. *Augustæ Taurinorum,* 1702. In-fol.
33 portraits grav. par Giffard et Taisnière., veau gr.

277. Histoire du gouvernement de Venise, par Amelot de La
Houssaye. *Paris, Léonard,* 1685. 2 vol. in-8, vél.

278. Mémoires pour servir à l'histoire de la maison de Brande-
bourg (par Frédéric II roi de Prusse). *Berlin, J, Neaulme,*
1751, 2 part. en 1 vol. in-4., fig. et vign. d'Eisen., v.

279. Mémoires concernant Christine, reine de Suède, pour servir d'éclaircissement à l'histoire de son règne et principale-
ment de sa vie privée, par Arckenholtz. *Amsterdam, Mortier,*
1751-60. 4 vol. in-4., portrait par Tanjé, cart., n. rogn.

XIII. — BLASON, BIBLIOGRAPHIES, ETC.

280. Livre du blazon, contenant une emple explication des métaux et couleurs avec leurs significations, les huict points de l'ecu des differentes couronnes et tenants, etc. *Paris, chez P. Gallays, s. d.* (vers 1680). Pet. in-8, bas.

281. La Nouvelle Methode raisonnée du blason, pour l'apprendre d'une manière aisée, par le P. F. C. Menestrier. *Lyon, J. Lions,* 1718. In-12, fig., bas.

282. Huebner. Genealogische Tabellen; Tableaux généalogiques, avec les demandes qui s'y rapportent. *Leipzig,* 1727-37, 4 tomes en 2 vol., in-fol. obl., vél.

Ces tableaux, au nombre de 1333, donnent la généalogie des maisons royales, princières, ou de haute noblesses des différents pays de l'Europe.

283. Die Hoheit des deutschen Reichs-Adels. Les Généalogies de la noblesse allemande, par Hartard van Hattstein. *Fulda,* 1729-40, 3 vol. in-fol., blasons grav., d., rel., vél.

Ouvrage capital. Le troisième volume est très-rare.

284. Die hoechste Zierde Deutchslands, die Rheinische Ritterschaft. Généalogies et blasons de la noblesse rhénane, par Max Humbracht. *Franckfurt,* 1707. In-fol., blasons, vél.

285. Le même ouvrage avec blasons coloriés. In-fol., vél.

Ouvrage rare et fort recherché.

286. Almanach Royal. *Paris,* 1744, 46, 82, 90. 4 vol. rel. et broch.

287. Almanach Royal. *Paris,* 1792. In-18, mar. r. à comp., tr. dor.

288. Almanach National. *Paris,* an XII et XIII. Almanach Impérial. *Paris,* 1805, 1807, 1809, 1812-13. — Almanach Royal. *Paris,* 1816. — Ensemble 8 vol. in-8., bas. et br.

289. Lambinet. Origine de l'imprimerie, d'après les titres authentiques, l'opinion de M. Daunou et celle de M. van Praet, suivie des établissements de cet art en Belgique. *Paris,* 1810. 2 vol. in-8, fig. d., rel.

290. De la Charlatanerie des savans, par M. Menken, avec des remarques critiques de différens auteurs, trad. en françois

(par Durand). *La Haye, van Duren*, 1721. Pet. in-8.,
frontisp., gr. d. rel.

291. De Re Diplomatica libri VI, opera Dom. Joh. Mabillon.
Luteciæ, 1681. — Suplementum. *Luteciæ*, 1704. — 2 vol.
in-fol., fig., veau.

292. Montfaucon. Bibliotheca Coisliniana, olim Segueriana, sive
manuscriptorum omnium quæ in ea continentur accurata
descriptio. *Parisiis, Guerin et Robustel*, 1714. In-fol., fig.,
veau f. à comp., tr. dor.

293. Encyclopédie, ou Dictionnaire raisonné des sciences, des
arts et des métiers, par Diderot et d'Alembert. *Paris*, 1751
et suiv., 37 vol. in-fol., fig., v. fil.

XIV. — HISTOIRE NATURELLE, CHASSE.

294. Encyclopédie d'histoire naturelle, ou traité complet de
cette science, par le Dr Chenu. 22 vol. de texte et 9 vol. de
tables. Gr. in-8, quantité de fig. sur bois et 900 pl. hors
texte, br.
> Exemplaire complet.

295. Tableau élémentaire d'ornithologie, ou Histoire naturelle
des oiseaux que l'on rencontre communément en France;
suivi d'un traité sur la manière de conserver leurs dépouilles,
et d'un recueil de 41 pl., par S. Gérardin. *Paris*, 1822. 2
vol. in-8 et atlas in-4, rel.

296. Catalogue des oiseaux observés en Europe et principale-
ment en France, par C. D. Degland. *Lille*, 1839. In-8, 3 pl.,
dem.-rel. v.

297. Le Jardin des plantes. Description complète, historique et
pittoresque..., par MM. P. Bernard, L. Couailhac, etc. *Paris,
Curmer*, 1842-4. 2 vol. de texte et 1 vol. de pl. noires ou
color., nombr. vign., gr. in-8, dem.-rel. v.

298. Histoire naturelle des mammifères, par M. P. Gervais. *Paris, Curmer*, 1854-5. 2 vol. gr. in-8, vign. et nombr. pl. noires ou color., dem.-rel. chag. v.

299. Nic. Jos. Jaquin Collectanea ad botanicam et historiam naturalem spectantia. *Vindobonae, ex off. Wappleriana*, 1786-96. 5 vol. gr. in-4, fig. color., d.-rel.

Bel exemplaire.

300. Traité de la vénerie, par feu M. Budé, traduit du latin en français par Loys le Roy; publié par H. Chevreul. *Paris*, 1861. In-8, br.

301. La Fauconnerie de Jean de Franchières, avec tous les autres autheurs qui se sont peu trouver traictans ce subject (Tardif, Artelouche, G. Bouchet). *Paris, A. L'Angelier*, 1607. In-4, fig. sur bois, parch.

Rare.

302. Les Ruses innocentes, dans lesquelles se voit comment on prend les oiseaux passagers et les non passagers, et de plusieurs sortes de bêtes à quatre pieds. Avec les beaux secrets de la pêche, etc. Par F. F. F. R. D. G. (F. Fortin de Grandmont). *Amst., P. Brunel*, 1695. In-8, front. et 66 pl., mar. bl., fil., tr. dor. (Kœhler).

Bel exemplaire de cette édition recherchée, avec le titre particulier de chacun des deux éditeurs.

303. Aviceptologie française, ou Traité général de toutes les ruses dont on peut se servir pour prendre les oiseaux, par M. B. *Paris, Didot*, 1778. In-12, front. et 34 pl., br.

Première édition.

304. Traité de l'éducation des animaux qui servent d'amusement à l'homme, (par Duch'oz). *Paris, Lamy*, 1780. In-12, bas.

305. L'Art du valet de limier, avec la manière la plus simple de dresser un chien de plaine, et diverses recettes, etc., par M. Desgraviers. *Paris, Proult*, 1784. Pet. in-12, cart., non r.

Première édition.

306. Album du chasseur, par Doneaud du Plan. *Paris*, 1823. In-18, 4 pl. et frontisp., bas. rac.

307. Pathologie canine, ou traité des maladies des chiens, par M. Delabère-Blaine. Traduit de l'anglais par V. Delaguette. *Paris*, 1828. In-8, 2 pl., br.

308. Le Chasseur au chien d'arrêt..., par El. Blaze. *Paris,* 1836. In-8, frontisp., cart., non r.

> Édition originale, rare.

309. Poésies de M. A. O. Némésien, suivies d'une idylle de Frascator, sur les chiens de chasse ; par S. Delatour. *Paris, Dufour,* an VII. In-18, br.

310. Della Caccia. Poema del signor Erasmo de Valvasone, etc, *In Bergamo, per Com. Ventura,* 1591. In-8, fig. s. b., cart.

> Édition originale, rare.

311. Venaria reale, palazzo di piacere e di caccia, ideato dell' altezza reale di Car. Emmanuel II, descritto dal comte A. di Castellomonte. *Torino, Zapatta,* 1674. In-fol., 60 pl., bas.

> Volume rare, orné de figures en taille-douce, la plupart d'après J. Miel.

4065. — Paris, imprimerie Jouaust, rue Saint-Honoré, 338.

RED. :

19

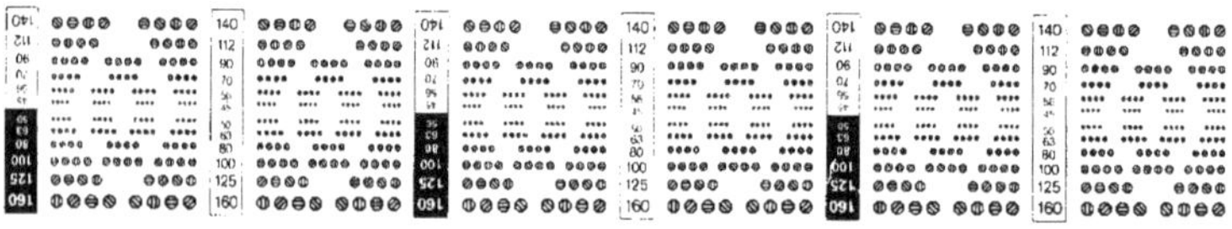